清泉溪语

QUAN WEN SHI CI JI
泉文诗词集

毛泉文 —————————— 著

图书在版编目（CIP）数据

清泉溪语 / 毛泉文著 . —— 北京 : 团结出版社,
2017.6
ISBN 978-7-5126-5271-2

Ⅰ.①清… Ⅱ.①毛… Ⅲ.①诗集—中国—当代
Ⅳ.① I227

中国版本图书馆 CIP 数据核字 (2017) 第 140605 号

出　　版：团结出版社
　　　　　（北京市东城区东皇城根南街84号 邮编：100006）
电　　话：（010）65228880 65244790（出版社）
网　　址：www.tjpress.com
E-mail：65244790@163.com
经　　销：全国新华书店

印　　刷：广州一龙印刷有限公司
开　　本：170毫米×240毫米　1/16
印　　张：15.625
字　　数：120千字
版　　次：2017年6月　第1版
印　　次：2017年6月　第1次印刷

书　　号：ISBN 978-7-5126-5271-2
定　　价：28.00元

毛泉文 ————————————————

湖南省华容县人。1970年出生，毕业于河南大学武术专业。毕业后在华容县公安局工作，任基层派出所所长多年。早年爱好文学创作，后来相忘于江湖。2016年为了引导儿子热爱学习，重新提笔创作。本诗集近半数作品已被数家传媒刊物发表或制作成朗读文本传播，现为《心灵芳草地》《陈小鹏专列》《诗歌瀚海》《作家文坛》《诗韵》等刊物的签约诗人。

著名书画大师徐立业为《清泉溪语》作画

著名书画大师徐立业为《清泉溪语》作画

青年书画家傅立炎为《清泉溪语》作画

书法家良胜书写泉文诗作《咏家》

青年书画家傅立炎为《清泉溪语》作画

目录

CONTENTS

致《清泉溪语》（序）

品子【李芳莉】

  我是品子，又名芳儿，李芳莉。花开芳艳，坚守气节。视文字为知已，述情怀以笔墨。小意芳菲不争春，柔情诗意总逢人。品子一直是多家广播电台情感类节目的撰稿人，现为《心录芳草地》《陈小鹏专列》的主编。两刊均已创办十数年，是斐声海内外的电子传媒平台，拥有海内外知名作家十数名，更拥有海内外读者、听众数百万之巨。泉文老师现在是这两刊物的特约诗人。闻泉文老师的《清泉溪语》出版在即，由衷欣喜。受邀为诗集作序，更感荣幸，欣然提笔。

  认识泉文老师时间不长，而且还是通过诗稿文字相识的。泉文的诗，如同他的名，清澈如泉，文如泉涌。字里间让人感觉既有铮铮铁骨，更有儿女情长。泉文是一位来自基层的人民警察，生活的体会给了他诗歌创作的灵感，他把做人做事和写诗赋词融为一体。亲身经历、真情流露，没有丝毫做作。他的诗不拘一格，豪迈洒脱，正如他所写的：低唱浅吟 / 何须黛玉葬花、浮藻强词……心中有天地 / 自已成江湖 / 何堪格式……岁月不语 / 花谢成诗 / 安得小乐 / 泼墨以咏之……其人其诗，宛如涓涓溪流，流彻心扉。自从泉文老师成为了《心灵芳草地》和《陈小鹏专列》双刊的特约诗人后，我对他也有了更多的接触和认识。从百度里我更加熟知了这位英雄警察，百度里多家报刊都记载着毛泉文的英雄事迹：街坊起火，他带头第一个冲上去救火，虽身负重伤，但避免了数百万损失；群众落水，他第一个跳下河救人；禁赌禁毒，他第一个出列、生死无惧；歹徒行凶，他孤胆也英雄；风雨中出警，洪水里救人！满满的英雄事迹，让我们肃然起敬！更让我们更惊奇的是泉文的作品，一个铁骨铮铮而且是行武出身的警察，居然能写出让人拍案称奇的诗歌来！其何难得呀！《孩子，不是妈妈不听话》这首诗是写给英雄赵天昱母子的。2017年2月19日吉林警官赵天昱勇斗歹徒，身中21刀壮烈牺牲后，其母亲因悲伤过度而跟着离世。此消息一出长歌悲万里！诗人旭日一轮提笔写下了《妈妈，你怎么来了》，泉文见此诗后，立即和泪写下了《孩子，不是妈妈不听话》。我当时读完这两首诗后，热泪奔涌。在编辑这两首诗的过程中，从小编、责编和朗颂者到主编，没有一个不哭的，英雄事迹可歌可泣，诗人的情感更是触心入肺。

妈妈，你怎么也来了／你跟着干嘛／又不是去旅行……，妈你别哭呀／转身回去／我不想让你这样跟着我去天国／我不要一门忠烈／我要高堂大人颐养天年……孩子，不是妈妈不听话／是妈放心不下／我知道在天国里／你还会当警察／让妈陪在你的身边／帮你整理整理，拾掇拾掇家／好吗？

两首诗一推出，一夜之间点击转载过万。万人皆悲，万人奔泪！

好的诗歌，不是做出来的，而是从内心迸发出来的，是浑然天成的。泉文其优秀的品德和甘守平凡的人生，造就了他的诗词。他的苦、他的累在他笔下皆是诗歌！其豪迈洒脱与其内心精神的丰盈密不可分，更与其诗词浑然天成。

挥汗成雨／汗雨当蜜／不知累，再挥汗／挥汗乃成诗……

读泉文的诗，可从以下几点赏读。

一，其豪迈之处：

警察／随时有牺牲／所以我也时刻准备了／这赴死的决心……
铁骨铮铮／生死无畏／血泪俱奔涌……
中流击水／长河饮马／剑气指天涯……
其字里行间正如诗里所述：泛泛小诗三百诗／总留铿锵一两句！

二，警察离家的日子是最多的，所以泉文的诗词里对家的眷念也是最情深意浓的。

奔波的苦呀 / 奔波的累 / 每每在回到家的那一刻 / 如夜饮一杯 / 深深的醉……

听微风对树叶的低语 / 看落花对流水的眷念……

厅中多玩童 / 厨下有贤妻……

柴米酱茶醋 / 内外有贤助……

三，对子女的教育与期盼：

你可以不伟大 / 但决不能懒惰……没有嗟来食 / 勤奋有天知 / 千万别懒惰……

让小瞧你的人惊诧 / 让喜欢的人惊喜 / 让陌生你的人惊奇 / 是男人，为自己争气……

莫言成功茫无路 / 锲而不舍下成蹊……

四，面对儿女情长，细细品味其柔情蜜意：

我喜欢在春里天徜徉，

爱拾一些风干的花瓣，

你可知这落花的甜蜜……

……

你若从秋水里来，

我一定揽你入怀，

为爱，为愿作一千年的等待……

一纸书笺 / 两处憔悴 / 三四行热泪 / 七八句怨言写与谁 / 百里醇香独醉 / 谁人来陪……

五，武术的魂与诗歌的韵，其实都源于人生的禅。泉文行武出身，他巧妙地将诗歌的绵长和武术的缠丝劲揉捏到了一起。他把对人生的感悟，很好地融入进入他的诗词：

因为有风 / 有一种美叫踏雪无痕 / 因为包容 / 有一种人生不

会有怨恨……年少多壮志 / 廉颇也英雄……高山有极顶 / 人生无巅峰……未能做苍松 / 且毋笑蒲公 / 身虽渺小 / 却志满天下……一枝弱杨柳 / 竟笑万顷风……听晚风凭栏的春意 / 闻兰花湿窗的香浓 / 多少思绪楼台处 / 一缕化春风……

　　没有生活的沉淀，是绝对写不出这样的诗句来的。泉文的诗词既豪放不羁，又不失细腻，其独特的文风一扫那些在书房里为作诗而做诗的书生暮气。虽然也有些瑕疵，但更体现了他的大胆与真实，值得初学诗词的朋友们学习。

　　诗人属于诗歌，更属于读者。警察属于国家更属于人民！作为诗人，泉文的诗更贴近生活、贴近人民群众。他的文笔大义犀利而又流畅、绵软温柔而又情深。他的诗有的宛如开在春天的花朵，馨香袭人。他是警察，便使他具有了更加独特的气质和敢于奉献的英雄气概，所以他的诗词有的又言之凿凿、落地铿锵！无论是诗人还是警察，泉文都是我们学习的楷模与榜样。他在很多读者和朗诵老师心中是个王者，王者归来，中国诗坛上雄风乍起！泉文的诗歌是阅读者的精神家园，每一次赏读都会有不同的品味在其中。

　　泉文的创作灵感来源于基层工作和生活的点点滴滴。并从生活的切身感受中加以提炼，赋予其舒展和升华的思维空间。在似水流年中静心思考、在人生际遇中细作酿造。进一步达到了以一颗平常心对待一切事物而意蕴深远的效果。

　　经历了四季风雨的砺炼，经历了不眠之夜的耕耘，毛泉文终于走进了用辛勤汗水换来的收获季节。在这个美好的季节里，我们为他做出的成绩而深深的祝福，并鼓励他撸起袖子再继续干下去，以更加饱满的创作热情创作出更加卓越的传世佳品。我们祝福他！且让他的诗魂与警魂一起融入文字激励更多的人吧！我就到此搁笔了。

　　最后，我衷心的祝愿警察诗人泉文的《清泉溪语》顺利出版！期待他的诗作从思想和精神上激励更多的不同阶层的人，特别是年轻一代。祝愿他的诗集能得到大力推广，热卖到各大书店，让更多人愉悦的享受精神财富！

2017 年 3 月 12 日于陕西

孩子，快长大

夜渐深邃
风呀
能否慢慢地吹
你看
孩子在酣睡
甜甜的小脸在灯下
红扑扑的美
请别把他的梦吹碎
你听
那微微的鼾
在静夜里
声声清脆
听醉了月光
听醉了玫瑰
羞红的花瓣
散落在窗台
风呀
你轻轻捧起
将花瓣捧成小堆
那不像孩子的小脸吗？
依然红扑扑的美
奔波的苦呀

奔波的累

每每

在回到家的那一刻

如夜饮一杯

深深的醉

日夜守望着

孩子

快快长大

绽放你的蓓蕾

家因有你才更美

因为有你

我们此生无悔！

为自己争气

春光有限
光阴如梭
没有谁去理会你
是苦闷还是快乐
不紧不慢的日子
总如东逝水
在眼前无情地流过

每每
小心翼翼
时时告诫自己
得意莫忘形
失意毋丧志
且行且珍惜
人生两难处
坚守才是真理
让小瞧你的人惊诧
让喜爱你的人惊喜
让陌生你的人惊奇
是男儿，为自己争口气

通往成功的路千千万

唯一没有的，是捷径

光说不练荒于嬉

埋头干

勤奋天犹记

挥汗如雨

汗雨当蜜

莫言成功茫无路

锲而不舍下成蹊

孩子，别笑蜗牛

孩子
我知道
你尚年青
有颗激昂的心
这很好
但切毋急燥
谁不想
做一鸣惊人的事？
谁不愿
做一飞冲天的鸟？
但生活就是生活
那不是一句、两句话
的玩笑

你看
春天来了
到处红花绿柳
美不胜收
可是，孩子
你可曾注意到
那林间地头
是否多了好多

渺小、丑陋且笨拙
的蜗牛？

你别去笑它
孩子
蜗牛背的那沉重的壳
其实，那才是生活
你看看蜗牛
无论风雨
无论苦累
只要锁定了目标
它一定会坚持爬到

所以，孩子
咱们也别心急
别去想王健林的
那一个亿
咱们自个儿啥模样
咱们自己心里有底
好高易折翼
骛远易自弃
成功不会从天降
采得百花方为蜜

且安心做个小人物吧
就学一学蜗牛
慢慢地爬
将自己定下的目标
一个一个都爬到
脚踏实地
步步为营

你尽你的喧闹
我守我的寂寥
坚守到最后
成功一声笑
失败也骄傲

你可以不伟大，但决不能懒惰

（写给儿子）

你可以不优秀
但决不能懒惰
你可以是猎鹰
也可以是燕雀
勤练你的心
勤练你的翅
燕雀能飞则飞
飞不过了要学会闪躲
而猎鹰则要学会
把猎物剑一般快的捕捉

你可以是奔马
也可以是野狼
马行千里吃草
狼行千里吃肉
你千万别懒惰
是饱食终日
还是陨命成错
自然生存的法则
毋庸多说

人生也如此

你可以不卓越
但千万别懒惰
你可以是领导
也可以是小人物
想不挨饿
想要去洒脱
千万别懒惰
没有嗟来食
勤奋有天知
千万别懒惰

勤练身体
勤练心智
小胜靠力
大胜凭智
千万别懒惰
蛮荒之力可以捍基石
明锐之智足以捍天地
千万别懒惰

什么样的虫
吃什么样的食
什么样的人
穿什么样的衣
人生的烦恼总会很多
千万别懒惰
人生的华丽
自己把握
千万要牢记
你可以不伟大
但决不可以懒惰

写给自己

要玩
就玩点高雅
要干
就干得漂亮
自己的天地
何惧别人的非议

再玩
就玩出点动静
再干
就干出点成绩
自己的理想
自己去向往
自己的风雨
自己肩扛

没有天生的英雄
没有凭空而至的成功
咬住牙
挺过来
男儿不言败

跌倒了站起来
自己的情怀
自己多珍爱

如果能像只鸟

如果能像只鸟
我一定
衔走每一滴水
不让寂寞的雨
淋湿你的露台

飞吧
借着翅膀
飞出这没有绿荫的山寨
也来一来
一飞冲天的豪迈
清一清嗓
也唱一唱一鸣惊人的歌
让欢歌把寂寞淹埋

茫茫
是人生的海
总有浪在奔波
风给浪以翅膀
为每次飞越而雀跃

飞吧

怀揣梦想
任疾风骤雨
拍打胸怀
做一只飞翔的鸟吧
把一切宽阔
写成心中的爱

我是警察

我是警察
我不伟大
只想着平凡与平安
我没想要千古
更不知道什么叫流芳
但我绝对要对得起
自己的心良

我是警察
心中有秤
行必公正
心中有信仰
言必凿凿
落地也铿锵
心中有恨
更知大爱无彊

警察
随时有牺牲
古今有之
中外如此
所以

我时刻也准备了
这赴死的决心

如果我真走了
请战友别哭
请将我的小诗
烧成纸片
我会在天堂里
为和平颂读！

祭英雄

憾长风，
日月共，
五州皆悲痛！
和平时代，
谁是真英雄？
唯我警察！
铁骨铮铮，
生死无畏，
血泪俱奔涌！

尽职责，
勤操守，
未敢偷闲空。
对父儿有愧，
对天地无悔！

守清贫，
多牺牲。
英雄去矣，
长歌悲万里，
与日月同辉！

俱往矣，
擦干泪，
接棒有吾辈！

（远在天堂之上的英雄母子的道白）

2017 年 2 月 10 日，吉林警官赵天昱在执行抓捕任务时，与持刀犯罪嫌疑人殊死搏斗，身中 21 刀，壮烈牺牲。14 日追悼会上，赵母悲伤过度，突发心脏病，与世长辞。作者旭日一轮与笔者得知此消息后，悲痛万分，便分别写下了《妈妈，你怎么也来了》和《孩子，不是妈不听话》，寄托哀思！

妈妈　你怎么也来了

作者：旭日一轮

你跟着干嘛
又不是去旅行
我说过要带你去旅行
说了很多次都没走成
这次我走了
走得很急
没跟您老人家打招呼
妈你别跟着呀
你乖乖听话
好好回家去
再过 100 年
我在天堂门口迎你

妈妈　你回去吧
我不回去你也不回去
梓菡和她妈妈怎么办
家里没个男人
也没个老人

她们连碗筷都不会摆了
你赶紧回去
梓菡要考大学了
你晚上叫她早点睡
早晨给她热杯奶

妈你别哭啊
我已经不痛了
抓坏人的时候没觉得痛
后来就什么都不知道了
现在你看
我身上一个伤口都没有
灵魂是没有伤口的
要是灵魂能在人世间出警就好了
妈你别哭啊
转身回去
我不想让你这样跟着我去天国

我干了 21 年警察
送走了好多战友
也去看过他们的妈妈
和她们一起哭过
我曾经偷偷想
要是我挂了
一定也有不少弟兄会去看你
逢年过节去陪陪你
可是我从来没想过
这一天到来时
你会脚跟脚追着我
妈你回去吧
你这样我没法原谅自己

既不是黑发人送白发人
也不是白发人送黑发人
这算怎么回事嘛

妈妈你回去吧
我去想想办法
我就对天国里管事的人说
我帮你们干苦活累活
换给我妈妈更多的岁月
我可以干老本行
也许天国也有人不老实
让我去对付他们
或者我可以卖煎饼果子
也可以代驾
只要能让妈妈回到我那个破碎的家
我干什么都愿意

妈妈　你回去吧
路很长　我怕你累着
你已经为我累了一辈子
只是我从来不曾想过
你会这么突然地歇下来
永远地歇下来
妈妈　你说我要是不出这个警
就不会出事
你也不会你那么心痛而绝
或者我看见他有刀
就先放他一马
那样是不是此刻我们还在人间

不　妈妈　你知道的

我不可能这样
干我们这行的
要是因为面前有刀就躲开
那就再也没脸穿这身衣服
再也没脸顶着国徽
再也没脸面对老伙计和小弟兄
而且
也没脸见你
我不能让人家戳着你的脊梁骨
说瞧见没
他儿子是个胆小鬼
还是个派出所副所长
白吃了公家的俸禄

妈妈　你回去吧
你已经献出了一个儿子
不该再献出自己
是不是英雄不重要
尽心尽力了就好
没有人愿意拿命换勋章
妈妈你回去好好活着
你要亲口告诉梓菡
无论她是否接我的班
无论她将来吃哪碗饭
都要对得起自己
对得起良心
大大地做人
一生浩然
你转身回去吧
我答应多陪你几十年
可惜只陪了一半

来生若能再做母子
我会把每分钟掰成两半
加倍地对你好
十月怀胎的恩没法报
但我可以十年百年地孝敬回去啊
妈妈　你儿子的话
先回去
好好地活着
儿子走的仓促
没有安排好天国里的家
不想让您老人家再受一点罪
我不要一门忠烈
我要老母亲寿比南山
我不要什么轰轰烈烈
我要高堂大人颐养天年

妈妈你回去吧
这一次你要听儿子的话
儿子出警前没顾上给你电话
现在有一肚子的话要跟你说
可是让我攒着吧
我可以拼
可以冲锋
可以粉身碎骨
可以赴汤蹈火
唯独不愿意你
就这样匆匆地跟着我去天国

妈妈
你听话

孩子，不是妈不听话

作者：泉文

孩子，不是妈妈不听话
是妈放心不下
妈一直为你担心
你从来就没有
好好照顾过家
还有你的娃
每次出门
都让妈牵挂
可你总说
我是警察
是顶天立地的汉
要妈妈别怕
可你 可你
我的孩子
你怎么没听妈妈的话
这就走了……？
妈妈怎么办
还有你的娃娃？
让妈妈来吧？
妈只有你一个儿
我知道在天国里

你还会当警察
我也晓得
你还是不会收拾家
妈妈老了
别嫌我好吗？
让妈陪在你身边
好好地收收洗洗
帮你整理整理
拾掇拾掇家
孩子，好吗？

未来，我是警察

从四海而来
不期相遇
青葱的年华
怀揣着梦想
忠真智勇
我之今生
与你相拥

是男儿
热血与泪
总会喷薄而涌
期盼着未来
成为勇敢的警察
艰难险重
无所惧怕

苦和累
奉献为谁
和平年代
也会有峥嵘
是警察
必然有牺牲

我不惧怕
我是未来的警察
英姿而潇洒

生在江南
我志满天下
惩恶扬善
我志之所向
今生无怨
此生不悔
向往着未来
未来，我是警察！

山 鹰

（写给巡警）

呼呼的山风
卷起黝黑的沉云
吼着闷响的雷霆
似铁马金戈
狂啸而过
飞土扬尘

面对暴风的肆哮
年青的山鹰
傲立于岩巅
锐利的目光
巡视着森林

丛林在屈腰
草木在蜷缩
但这只年青的山鹰
岿然不动
在这动摇的世界里
孤世而苍劲

闪电掠过

张着贪婪带血的嘴
噬咬着嫩绿的森林
森林着了火
在痛苦中挣扎呻吟

家园被焚烧
山鹰呼啸
冲进云层
盘旋着搜寻那
纵火的人
终于，如虬的巨爪
抓住了闪电
喇啦！将闪电碎骨粉身

暴雨倾盆
山鹰领着暴雨
舍己忘身扑向森林
火灭了
风雨洗净烟尘
森林重唱翠嫩的歌声
只是也再没见
这飞旋的山鹰

山鹰好棒！
孩子见到了这一切
但并不知山鹰已牺牲
问
他是森林的巡警吗？
我含泪回答，是的
孩子说

等我长大了

一定要当巡警

保护家、保卫森林！

思　念

今晚会有月亮吗？
如果有
会是弯弯的吗？
我掬上一把
长长的线
系上对你的思念
那湛蓝湛蓝的夜
是你的梦吗？
你会是梦里的
那条美人鱼吗？
我已在夜里
偷偷下钩
你没有回答
我知道
你躲在云朵里娇羞
偷偷在望着我的
那星星
露珠般的剔透
我知道
那是你汪汪的双眸

夜雨惊花

一夜春雨
红瓣落愁
凉风扫不尽
暗香凝一路
惹三五只蜂蝶逗留
雨歇花重压枝头
欲扶还斜
红粉沾袖
不觉为花叹
春花亦多情
红粉落泪为谁忧?

今夜雨又稠
不敢深睡去
忽觉浓香惊梦
醒来却又和风日秀
帘卷窗外
煞是旎肥绿瘦
哦哦,还是春光好
雨过天苏
红晨美景依旧
欲走还回眸……

走进春天

渐渐地
冰雪融化
棉衣穿不住了
我知道
春天来了

春天多风
吹嫩了树叶
吹开了花
万物又醒了
纷纷然
走进这欣喜的世界
这世界便开始喧哗

春天多花
一团一团
一簇一簇
多情的
似火的
满世界的繁花
不怕你摘
等着你采

你采吧

去表白

去祝福

或是嘱托

好多好多

你采吧

一朵 两朵

或是一枝

去吧 拿去

送给你爱着的她

春天多忙

燕子忙着衔泥

筑构新家

工人开始筹谋

未来的计划

农民开始耕种

自己的庄稼

就连最懒的人

也不会忘记

播上几粒瓜种

等着收获孟夏

春天，水也涨了

沟港小渠

多了嬉水的鱼虾

这就乐坏了

善钓的人

早早准备好了鱼杆

争先恐后

忙着将那

一线线快乐垂下

春天多情
少年开始怀春
姑娘含情
就连鸟儿
便也唱起
叽叽喳喳的情歌
如果你爱谁
那就快些表达
因为月浓
因为多花
彼此的心扉
此时最容易被融化

春天多雨
正好让你
撑一把小伞
挽起你的她
走进窄窄的雨巷
深情地去吻她

来吧
春天期盼着
你我牵起手
走进她的世界
这是一个
温暖多彩的春天
多情多梦的春天
孕育希望的春天
我们走进她吧

乡　愁

春天多雨
总是黏黏的
伴着乡愁
绵长而细柔
最愁是多雾的时候
总是看不清
家乡的轮廓
便是梦
也梦不清楚
那是最浓的乡愁

太阳出来了
总是温柔
如小姑娘的手
轻抚细柳
希望便萌了芽
风一吹
花瓣儿落了
跟着落下的
是一地的乡愁
无法拾起
因为乡愁

沾满了雨露

乡愁是姑娘
浅醉后
那惊鸿的回眸
如莲花般娇羞
乡愁是女儿
噘着的小嘴
那哼起的嗔怒
乡愁是河水里
爷爷轻摇的小橹
思念满载一船
在小浪里荡悠

袅袅的炊烟飘起
那是沁人的香
远远就能闻到
那是母亲的小炒
那是自酿的米酒
无风也酥
千万别起风
别吹散了
这醉人的乡愁

乡愁是
远在天涯的牵挂
乡愁是
穿越时空的期盼
乡愁是离
乡愁是聚
乡愁是这杯

浓浓的米酒
端起便再也放不下
想念了
就深深来一口
醉也悠悠
醒也悠悠

家·心之海

房子不需要多大
记得把"森林"搬回家
心不需要多大
记得把朋友都容下
人生不会永生
但精神可以长存
因为有风
有一种美叫踏雪无痕
因为包容
有一种人生不会有怨恨
月圆会有月缺
花开也会花谢
人生茫茫
难免沧桑
予人玫瑰
手留余香
给他人一份宽容
就是给自己一片苍穹
天高海阔
地利人和
跨过这一沟
还要再迈那一坎

多少春秋

留给人生又有几何

花无百日红

果无百日香

人生不会永远美如梦

更替的是日月

变化的是沧桑

人生就是如此

有失落亦有恢弘

这就需要一种境界

叫退一步海阔天空

少栽刺多种花

少与世争锋

多替人着想

成就的是他人

完善的是自我

静　夜

我悄悄拾起
你的微笑
把她藏起
等到夜里
便将她与新月
挤筑我的爱情
夜好静谧
月光在我眼底
溢出甜甜的梦呓

月色淡了下去
你的身影却愈加清晰
我想问问
你究竟拿了什么
在我心头叩击
尽管那样轻轻、轻轻
却总是留下
这么深深、深深
雕刻般的痕迹

春　景

冬去早
春来迟
又到一年播种时
筹谋更满志

风黏稠
雨如织
花红柳绿又竞枝
蛙鸣满塘池

春风流
鸭细梳
溢满青石渡
又见摆渡人
轻歌慢摇舟
惊起一行鸥

花满枝
红肥绿瘦
香盈盈
如蜜在流
蜂蝶满山头

春忙急
挥汗拌甘露
自酿成美酒
饮尽春夏
醉意满双眸

春色早
尽忙碌
江南风光好
无限美景
更望深秋
人生应有醉
尽待收获后!

醉·悟

因为高兴
多干了几杯
沉醉不思归
竟不知自己是谁
朋友说
你以为你是李白
我问李白是谁
曰，乃诗之仙
饮中魁

我说我是凡人
怎敢去比天
酒过三巡也赋诗
多述烦心事
未敢去豪迈
旧歌赋新词
言之且诤诤
举杯说旧情
和泪笑中饮

吾辈小人物
岂敢望豪杰

寻思小快乐

却常遇人生苦

醉时笑

醒时哭

情非杯中物

醉时癫

醒来悟

人生短且苦

一朝念成错

终生成恍惚

久贪一杯醉

今生这世成荒芜

相见难

红残绿褪水迫秋，
枯藤瘦柳叹河流。
但见流云常伴月，
何遇知音长相守。
风依依，
雨稠稠。

长歌问酒，
怎堪见，
红酥手？
未敢举杯尽，
湿衣袖，
心浇透。

前世缘，
今生何须愁？
今世缘，
何又望来生？
一百年，
望穿眸！
望绝春夏满世秋。

白蒐头，
搔更忧，
如花落瓣水流疏。
心若近，
天涯犹咫尺。
心若远，
咫尺犹天涯。
此恨最难休。
岁月尽短，
知音何求？
似曾相见，
今又难遇，
孤独在孤单中守候。

蒲公英

花开月下，
风卷残云。
烦事随风，
世事随缘。

未能做苍松，
且毋笑蒲公。
身虽渺小，
却志满天下。

任尔强劲挺拔，
我且随风潇洒。
任尔春来扮俏，
我却素面天涯。
任尔风吹雨打，
我自四海为家。

写给月亮

又是雨夜
是冷飕的风
不是你温情的手
风也凄楚
雨更凄稠
心中的烦忧
泥泞了一路
高一脚
低一足
寒风吹过布衣湿透
连回家的路
也在灯下颤抖

我想驱走
这恼人的风雨
我想着我心中的月亮
自从那美美的圆满之后
我就见你日渐消瘦
会是因为想我吗？
云在凄楚
心在纠愁
总想着留住你

我的月儿
留住你那迷人的
笑容一勾
可这相思的心
总被这无情的雨
淋得浇漉
心也凄楚
泪也凄楚
雨呀，你可知
你打湿了我的梦
那是一枕的温柔
醒来
我会恨你
雨呀
别这样缠人不休

星海之恋

（致侄女星星与小海新婚）

因为大海很宽阔
所以
父母给了我
一个海的名字
我很奇怪
难道他们早知道
此生伴我的就是星星

茫茫之中
注定我要遇到你
因为你是星星
是天上最美的那一颗

妈妈走得很早
总会在天堂里
给我托梦
孩子
我让风把天上
最美的星星摘下
你要接住
珍惜她！

我很惊诧
这就是缘份吗？
我曾以为
苦苦思念的人呀
会远在天涯
竟不知道
其实我们早已
夜夜牵挂

我是大海
月亮给了我眼睛
让我在每个
想你的夜里
都将你溶化
你是星星
我永远是
爱你的海呀！

小　憩

斟一杯时光的咖啡
茗一茗人生的悠长
赋一首小诗
寄予知己叙说衷肠
看世事流水
品品悠悠沧桑
让苦涩甜美
在慢咽里碰撞

拧开音箱
飘上一曲轻歌柔唱
闭目闲躺
听余音绕梁
思念的情愫
陡然而生
随风飘荡

人海茫茫
知心的人呀
你在何方？
可否

寄这首小诗
叙说那久藏于心的
魂牵梦往

为相聚干杯

昨还雨骤风急
今却风和日旭
又到一年相聚时
常变的是天气
不变的是情怀
时光如电
光阴似水
驰去的是青春
流走的是往昔
当我们青春渐老
容颜不再
任岁月无情的梳洗
霜雪爬满你我的鬓际
我们还能期待什么
是老骥伏枥
还是壮志千里
你我且行且珍惜
忘记离时的痛楚
拥抱相聚的快乐
挥了雾霾
美了心怀
管他奔走天涯

还是行将万里
记得寻根
记住回家
不提清贫富贵
也不提高大卑微
端起手中的酒
为快乐干杯
为相聚干杯

讨厌冬天

是的
我讨厌冬天
不喜欢沉重
将自己包裹
内心的狂放
渴望解脱

我讨厌冬天
不喜欢冰冷
痛恨麻木
不喜欢干枯
向往着
鲜花烂漫
月影婆娑

我讨厌冬天
看不惯寒风哆嗦
我酷爱狂热
讨厌该死的冷漠
于是冬天诱惑我
强留我
在温暖的被窝

可是
我知道
我决不能懒惰
我要闻鸡起舞
踏雪而歌
你看
春天将至
希望待播

春　雨

春来多雨
雨且多情
小雨潺潺
细细流莹
风吹之不去
春梦了无痕

我寂寞的梦里
便有了你的影
你像这雨丝飘动
绵绵流水
荡漾起柔柔的歌声

你的微笑
珠露般瑧瑧
你的情影
在这春雨里依人
我的情
便也破了土
如这笋
此生注定为你而生

夜　色

宁静的夜
淡淡的色泽
挂在幽蓝的夜空
是半圆的月
在风吹的流云里
飘零得像一片树叶

才是初春
为何一地的落叶
簌簌不停
辗转了一夜
攀枝一看
却是嫩芽摧老叶

天上的星星
时而皎洁
时而躲在云朵里
偷唱着歌阙
一个人
想静静
正好
趁着这夜色

累了
把心放一放
让心歇一歇
想进退
思取舍
且将清酒邀明月
闲愁苦累随风饮
红尘一笑从头越

相　恋

从你眼里
流出的光
拨动了我的心弦
从你唇边
沁出的芳
让我诗意泛滥
我看着你的眼
情也绚烂
心欲呼唤

你低头未语
吐气如芝兰
那急促的气喘
每每
叩击于我心
深深地震撼
风将无言的歌唱响
云将天空描得蔚蓝
爱在彼此
脉脉的眼中
书写着心照不宣

相思梦断

假如有青松的
遒劲
假如有榕树的
盘根
那我一定不会动摇

你如风一样轻
你似水一样柔
然而
我已动摇
我的心已如柔柳
任由你细梳

我被你囚禁
渴望着
你的救赎
求你一微笑
求你一嗔怒
然而
你没有回头

夜沉沉

心无眠
看风似流水
水若流云
潺潺绵绵
久成一曲
啼在声声

挥不去
理不清
问情为何物
春梦了无
唯此生留恨
春风有情
流水无痕

晨　韵

清晨，当第一缕阳光轻照，花儿开了。当第一缕晨风轻抚，心扉开了。花红满枝，清风浴面，美好的一天又降临了！感恩大自然的恩赐，感恩生命的美丽！花有花开花谢，月有阴晴圆缺，人生更有跌宕起伏！学会在起落中捕捉精彩，得意时莫忘形，失意时莫失志！如同蜜蜂，在花开时吸吮甜蜜，在花落时去用心筑巢。

悟　禅

晨雾渐散
山又空濛
春风吹得人憔悴
不应留梦
人生总在匆忙中
此恨难终

清水煮茶
难品轻松
不闻花香
未知春浓
独自凝坐
悟尽禅宗

敬酒歌

天涯行，
又相见，
真情换真心。
功未成，
名不来，
永不能言败。
容颜老，
力气衰，
酒胆依旧在。
有色心，
无色胆，
何必惹尘埃。
端好杯，
把好酒，
不枉世上走。
天再高，
水再深，
情义最深厚。
世事多磨难，
一切向前看。
过了这一村，
还有那一站。

你一杯，
我一杯，
友情最珍贵。
今朝有酒今朝醉，
明日莫后悔。
美女不可少，
多了有烦恼。
酒逢知己千杯少，
斗酒称英豪。
莫贪一时欢，
健康金不换。
红颜当知己，
糟糠不可弃。
把酒问青天，
快乐一千年。
朋友珍，
朋友贫，
酒中见真情。
干了杯中酒，
再行万里路。
道一声，
多珍重，
阔别天涯再加油。
待到衣锦还乡时，
我们重相逢。

履　誓

乱世词
盛世诗
轻歌闲赋正逢时
年将近半百
提笔再书当年誓
不言迟

且让笔墨染风霜
暮又青丝
撩发少年狂
勤奋天
挥汗如织
只恐春来迟

且将豪情赋天知
英雄勿迟暮
暮来更惜时
不与先贤比项背
以勤补拙痴
待我更努力
留取勤奋铭后世

履誓言
此生不失志
更期待
厚积薄发时
再挥汗
挥汗乃成诗

煮酒送君

好酒
你就满杯
无人能醉
海角天涯
你却在水一方
虽然天之遥遥
心却总能相守
几多梦回
就此一聚
依依难舍
干吧
今且满杯

情在海天
愁与泪下
今日畅饮
再且举杯
不醉不归
就此别过
天涯不远
牵挂系心

常常与君
梦里邀月
再醉几回

元宵节送友

又逢元宵节，
昨晚非今夜。
清风了凡尘，
丹心共日月。
又到相聚时，
却要与君别。

花开圆满日，
千里共圆缺。
挥手去浮云，
月下邀故人。
同赏皎洁月，
共饮长空夜。

君不见
千里长风当空舞，
桂花香酒斟满月。
团圆夜，
吴刚也举杯。
人间尽喧泄，
万人来空巷，
一杯饮尽长安街。

请君且慢行，
别停歇。
莫贪一时欢，
人生更多风花月，
花开每一夜。
挥手去，且暂别，
待君成就千秋业，
再聚元宵节！

人生如诗

少时荒于嬉
三十忽知耻
四十来醒世
人生有起落
悟尽岁月惆
赶紧来立志
亡羊能补牢
且也不算迟

人生赋予笔
提笔来写诗
泛泛小诗三百首
总留铿锵一两句
以此来勉励
或是告自己
或将警后世

且努力
毋枉世
岁月如歌
人生如诗
平仄留韵

跌宕有律
只是不复返
滚滚向东驰

元宵夜致清洁工

元宵月明夜，
万家灯火声。
祥风见云追，
我却无人问。

浊酒伴明月，
梦也无痕。
人生情浓处，
不应留恨。

点灯问孔明，
月下可有客？
清风笑不语，
遥遥指路灯。

灯火斓珊处，
竟有扫路人。
只身伴月影，
帚下听歌声。
不敢轻离去，
肃然起敬！

写给爷爷

爷爷的祭日快来了
心里免不了淡淡的忧伤
很小就是爷爷带着我
他走的时候
我不知道那是永别
心想，哼
就让你睡
我多的是玩伴
后来知道
那是最深深的痛

我生长在河边
对流水有着
深深的眷念
但记忆里最刻骨的
是河水中
爷爷的那条乌篷
因为船很小
无风也能动
天热的时候
爷爷总会抱我上船
吹那和煦的风

唱那首
后来才知歌名的
《南屏晚钟》
吹着唱着
就摇醉了睡梦

后来慢慢长大
梦也跟着长
梦的内容
多了且杂了
记忆渐渐模糊了
但清晰的
依然是河水中的那条乌篷
我又回到河边
听河风清弹
听流水悸动
依稀中
飘来的还是那首
《南屏晚钟》
这歌声能否穿越时空
远在天堂的爷爷
您是否也做着
和我押韵合拍的梦？

为你写诗

此生不惜
何望来世
真心相许
相思成痴
曾几何时
你为我写诗
每每读来
含泪如织
今天我也提笔
为你和词

旧赋新诗
最寄相思
把心予月
月洒甘露
甘露含泪
滋生红豆
此物更知
几多相思
泪眼望穿
几夜枕湿
今夜提笔
我再为你写诗

爱如甘兰

（甘小懒与陈先生新婚贺诗）

那晚
轻轻对你说
我是你的小懒
爱哭的小懒
然后
依偎着你
一起听夜风醉人的小鼾

你笑着回我
我可是陈年的酒
喝一口吗？
我喝下了这甜甜的醉
那晚
风不敢再吹
生怕把梦揉碎

这注定是今世的缘
你姓陈
我姓甘
曾经我是你的甜
今世我是你的蜜

而你
是陈年的酒
是我一辈子的甘露
此生注定
我是你的心肝
你要对我称臣

陈酒如你
也如人生
会有苦涩
但更多的是醇厚
而我如甘兰
青涩在外
甜在心坎
我们有了一辈子的时间
就让我们
用慢慢老去的岁月
一同品尝那苦和甘

有风雨
你为我遮挡
苦了累了
你就回家
家有甘兰
有你最温柔的港湾
爱你
我是你甜甜的小懒

情人节·玫瑰花

情人节里情人花，
情花送与谁？
我家有女自怜香，
独自吐芳华。

情话送与谁？
缠缠羞闭月，
绵绵惹人醉。
将心许玫瑰，
抱得美人归！

孤单情人节

月满夜，情人节
汽车如梭
喇叭声咽
玫瑰有香影
人却在单行
风吹月，身影斜

温柔夜，暮春雪
千里苦相思
人比柳树瘦
笔下赋诗词
诗词共谁阅？
不眠夜，枕月色

春　读

二月水暖，
旭阳轻照，
梅香催开漫山桃。
最恨春来早！
浓墨难描，
心中无词藻。

风停池塘边，
雨歇深山坳。
雾开一树花，
珠露挂满梢。

李花满天星，
疑是灯上早。
袅袅又炊烟，
清香漫山绕。

一路唱歌声，
顽童在喧闹。
一路尽欢笑，
叮咛满书包。

书香人生

岁月渐紧，
睡意渐松。
夜来无梦，
独自临窗。
听晚风凭栏的春意，
闻兰花湿窗的香浓。

月在此时圆，
睡意此刻无。
花香无须觅，
自有风来送。
多少思绪楼台处，
一缕化春风。

小酌酒，
慢吟唱。
轻歌绕梁动，
小赋柔肠中。
一曲长恨歌，
唱绝千古风。
隐隐留悲伤，
仍会牵肠痛。

孤单读长卷，
穿越几时空。
此恨今也有，
谁敢与君同？
长卷三千年，
不敢忘，常背颂！

春秋常更迭，
人生渐晚去。
却也不服老，
晚来更珍重。
年少多壮志，
廉颇也英雄！

回望人生

小的时侯
总想着将来要很伟大
一定要泼墨成画
一定要挥毫成章
于是很勤奋
读书取意
采花留蜜
总是用心捕捉每个精彩
牢记并不敢相忘
生怕书到用时方知少！
满满的勤奋
满满的期望

然而
现实很残酷
迷茫的人生
开始将我的理想
拖得很长 很长
长得渐渐远去
甚至模糊得失去了方向
人慢慢长大
欲望和诱惑便开始多了

功名利禄车呀房
更有那些恼人的姑娘
唉！曾经伟大的理想
早已在江湖里淡忘

于是
我开始责怪缘份
为何成功总离我那么远
那些少年得志
那些水到渠成呢？
我又安慰自己
人生总会有乐章
何须砌词藻
何须强扭秧
若是缘份来
何须去牵强！
然而
岁月却在我的安慰中
无情地老去
直到双颊满壑
鬓角满霜
蓦然回首
人生半去却是满目苍凉
唉！问人间"勤"为何物？
人海茫茫
几人能坚守？
几人能"勤"长？
未勤奋空留恨
人生尽头满沧桑！

二月雪

二月本无雪
可你却来了
不听春的祈求
傲世而孤独
你这千年的雪呀
落在了谁的山丘？
而这新开的梅呀
娇艳在了谁的心头？

我不知是否
应该在这早春的寒冷里
为你守候
如果没有寒风
星星点点的雪
倒也如梨花般的娇柔
我不冷
只是心有些颤抖
因为有颗滚烫的心
正为这春天忧愁

既然来了
就请留下

请你在我的
开放的花蕊里停留
请封冻我的相思
请封冻春的温柔
可是，春天注定是
醇的酒
蜜的流

如果你害了羞
就请悄悄地走
别回眸
且留桃花一岭
或是清泉一沟
因为春意在
冰雪必将化暖流

春天注定温暖
春天注定甜美
这二月的雪呀
恋上了二月的花
恋上了二月的柳
这二月的雪呀
依依不舍
且走还留……

东山春歌

东山很冷
流泉唱吟
叮咚的声音
破了夜的宁静

旭阳伸着懒腰
露了个微笑
树也跟着摇
晨风轻轻地吹
揭开了春的雾罩

远处的山
云开雾绕
凉茶一般清润
的气息
飘着甜
流着韵

林间已有早练的人
溪边偶见小开的花
慢慢走
小心的采摘

滑滑的石阶
长满绿苔

山顶满是疲倦的云
山间多了嬉闹的童孩
忽然间
鲜花漫开
蜂蝶舞来
走近才知道
那是一群姑娘
头戴的饰彩

鸟鸣深涧
嫩芽初上
鲜翠鲜翠的
仿佛一夜之间
漫山而来
争先恐后的
好似笔尖
莫不是都要
抢着去谱写
那憧憬收获的豪情满怀？

黄湖山咏叹

黄山有小湖，
风吹一湖皱，
雨下一帘秀。

山前有翠竹，
早穿一席纱，
晚披一件霞。

朝至一柱香，
夕去一叩首，
寺庙就藏黄山后。

岭上有森林，
风吹闻清香，
雾来不见花。

日酌一杯酒，
夜品一壶茶，
岭下相逢有人家。

树摇阳光透，
珍珠一路洒。

林中有蹊径，
飞鸟惊树桠。

忙里偷闲瑕，
心中无牵挂。
望君来相聚，
冬来赏梅花。

沱江夜曲

沱水潺潺
穿梭着小船
是谁在摇橹
在幽暗的水面
把音符画得闪亮
咕咕的小浪
跟着风的节拍
轻歌舞曼

恬静的月
早己在河水里锚泊
轻吹的风
想挽留那帆
可渐行渐远的小船
却吻着河里的波澜
拖走了思念
一串一串

月渐朦胧
灯更斓珊
星星枕着倦云
渐渐进入了梦乡

河边的树影
也沙沙地
摇起了小鼾

夜深了
可我的睡眠
却飞越了河岸
飞着去寻找
我那心爱的姑娘
梦想着叩开
她那低垂的窗栏

写给爱人

我喜欢在春天里徜徉，
爱拾一些风干的花瓣，
你可知这落花的甜蜜？

我嗅到了花恋根的眷意，
爱之深深 何安求苟世！
你且不动容，你且不叹惜。

一季春来一花期，
生于春之灿烂 谢于夏之昂然！
一场秋雨又何堪！
世事蹒跚 花落慢慢……

（一首藏头诗，我爱你，我爱你，一生一世）

月下曲

长江千里堤,
日日风浪急。

人生尽几何,
何年不奔波。

熬去十年苦,
总有些甜蜜。

心若乱如麻,
独去访酒吧。

苦来也作乐,
泪洒醉当歌。

累且累几秋,
醉就醉几回。

问天借一夜,
且看嫦娥舞明月。

风来听琵琶,

静里看落花。

吴刚何来忧？
勤酿桂花酒。

月下偶有兴，
赋诗仿元曲。

曲中无忧愁，
春风笑人瘦。

人生何处无坦途？
且将明月当扁舟。

累也快哉，
乐也悠悠……

登高思远

天高风急，
春来云万里。
登山远眺，
昨日看风景，
俯瞰众山小。
今来看风景，
仰首尽树梢。
昨日还是小青苗，
今日却已花开早，
或者耸云霄。

岁月渐远去，
霜雪迎头飘。
秋月才送走，
一晃竟又三月九。
春来再登高。
燕子低飞忙筑巢，
鸿鹄直骋九云霄。
同在一片天，
各自竟逍遥。

鸿鹄之志，

燕雀可知？
燕雀之乐，
鸿鹄可享？
皆有问天翅，
却也不相攀。
天命各谙，
岁月静安！

品娴赋诗

诗词者，
歌以咏志。
娴品无事，
蘸墨小试。
低唱浅吟，
何须黛玉葬花
浮藻强词！

韵律平仄，
难穷八股。
心中有天地，
自己成江湖。
何堪格式！

言之凿凿，
行之切切，
真情所至。
揽人间悲喜合离，
述人世雅情娴思。
岁月不语，
花谢成诗。
安得小乐，
泼墨以咏之！

望穿秋水

春困易多梦，
相思梦牵魂。
还熬几仲夏？
秋水望依人。

我在秋风里
望眼欲穿……

你在秋水里
窈窈依人……

你在我心里，
我却恍若在梦中…
你若从秋水里来，
我一定揽你入怀。
为爱，
我愿作一千年的等待！

相思如歌

既已相识，
何要分离？
是男儿
相思勿泣，
别泪洒红尘里！

爱就爱得
粉身碎骨，
爱就爱得
死心塌地！

天空无时无刻
不在拥抱着大地，
曾几何时，
又曾相弃？
那是怎样的爱呀！
惊寰宇，
鬼神泣！
且让我提笔，
赋上爱的词。
长歌一曲，

歌声飞越天际。
摘心予明月，
相思寄千里！

长江吟

寒江沽云天，
春风望故里。
古韵荡千秋，
浊水独自流。

历尽岁月磋砣事，
且载豪情满怀志。
唱人生悲欢歌，
笑世间沧桑愁。

谁去理会，
是斗转星移，
还是物是人非。
真汉子，
一气尚存，
且勿言，
谁是谁的江山？
难道是，
只许我在独处去感伤？

任你苍海横渡，
我乃初心依旧。

任你更迭春秋，
我仍倜傥风流。
中流击水，
长河饮马，
剑气指天涯。
纵使百炼终垂败，
也留傲骨饮苍海！

咏茶梅

冬天
已渐行渐远
春天
还有如待嫁的处子
仍深藏于闺院
而这早春的花
却绽放得那么毅然
不畏霜雪
傲视群芳
严寒为之怯步
惊叹于生命的伟岸
这早春的花呀
不与百花争宠
不在春风里卖弄
更无需蜂蝶的拥伴
傲世独立
冰晶而高节
冷峻中不失火热
在逆境里怒放
那属于自己的灿烂

菜花月夜

是谁尽奢华,
十里黄金一路洒?
醇香醉嫦娥,
羞闭月桂花。

春来多蝶伴,
人间胜广寒。
广寒不胜寒,
还是人间尽冷暖!

吴刚不酿酒,
偷尝二月蜜。
从此不肯回月中,
玉兔且也问花期?
花香遥无期,
无风飘万里……

茶乡夜韵

茶乡的夜,
梦甜如靥。
暖暖的月光驱走了疲倦,
且来,
沽一皿清酒,
解一解馋。
品一壶绿茶,
悟一悟禅。
听微风对树叶的低语,
看落花对流水的眷念。
心静下吟吟小诗,
心乱了抚抚胡琴。
听一听琴弦的低吟,
听一听绕梁的余音。
因为有云雾,
月儿蹒跚。
因为有心结,
情也蹒跚。
吊上一网小床,
静静低躺,
看是星月绚烂,
还是灯火更阑珊。

问一问吴刚，
是嫦娥琵琶轻弹，
还是玉兔低声唱晚？
这茶乡的夜啊，
雾香如蒸，
清韵流盼……

赠付总及离家创业人

红肥绿瘦春色俏
君在景中也娇娆
无风也来香
你在画中笑
他乡遇美景
更思故乡好
地遥天再远
鲜花连心桥

且安　　　且安
撸　袖　加　油　干
挥汗　　　挥汗
待到衣锦尽裹时
君　来　把　家　还
且盼　　　且盼

咏蝶梅

（送给小蝶）

娇梅万千
堪摘一枝

怜怜众生
春恨来迟

冰雪也怒
我何来世！

落叶惊扰
我陋我痴

天生蝶梅
姗姗来迟

蝶梅不语
含笑一眸
香透墙石

春怯迟步
羞闭兰芝

天生美人
珠露赏之
我心倾之！

离别，挥不动沉重的手

我听不清你说什么
风像在耳边哭
划过脸颊
很痛很痛
我不敢抹一把
怕那一薄坚强裹着的泪
潸然落下

你一动不动
任凭风扯着你
那缕我曾爱抚弄的头发
我也木然站着
爱在心中奔涌
眼眶再也噙不住泪花

月色原本很美
但我们无法
捧起那束温柔
月光
摇曳着我们的身影
像摇着干瘦的树桠
吱吱的声音

低沉而嘶哑

终于
你决定走了
没有道别
我知道已无法挽留
你渐去的身影
连同我的心
被这午夜的风
吹得颤抖
我想道声珍重
但离别的愁
已挥不动沉重的手

暗　恋

你如云中月
瞳胧含情
似水脉脉
我的心
像一叶小舟
想在你梦海里探游

我鼓起勇气
用橹梳顺你的深眸
载满一船温柔
悄悄地
到你流水盈盈的
心海里偷渡

划呀划呀
总是无法
划进你的世界
你的睫毛
纤长而细柔
牢牢栓住了我的手

我已无力摇橹

心甘情愿
跟在你身后
吻你的长发
任由它抽打
任由胸膛烙满伤口
做我的主吧？
你是我的皇后

写给十七岁

十七岁
爱写诗
喜欢找一些
很优美的词汇
用日记去灌溉
那些敢想
却不敢说的爱

十七岁
觉得很大了
开始从顽皮里
走出来
大摇大摆
用力量喧泄
所谓男人的气概

那时候
并不知道愁
却总要在心里
摘一片还绿的叶
强言霜秋

爱从孤独中走出
又重新走进孤独
明明是条直的路
偏偏要多走一圈徘徊
以为那样才是成熟

纯的心
被嫩土掩盖
好奇
总会像雨后的笋
争先恐后
拱出脑袋
满满的
都是懵懂的爱

写给初恋

雨轻敲窗棂
风低语
在耳边细说着思念
夜深了
心与夜一样寂静

暖上一壶咖啡
翻开尘封的记忆
细细地品
慢慢地回味
让那涩涩的苦
敲打着味蕾

飘逸的咖啡香
掩不去记事本上
那发黄的霉味
思绪如飞
曾经的青涩
几多梦回

谁敢说青春无悔
初恋如梦

相思如锥
思念是牵肠挂肚的痛
深深扎入心扉

如栖于枝头的花
如沾满甘露的蕊
恰似你的妩媚
此生挥之不去
如影相随

爱如酒杯
总想着斟满甜美
时光却总把思念
发酵成一汪眼泪
也如咖啡
细细品
慢慢咽
拥着你入梦
愿此生酣醉

梦 乡

我们在飘渺的水乡里相遇
请踏上我的小船
像圣洁的少女
你纤细的小手划着浪
浪儿跳上你的头发
珍珠般闪着我的眼眶
我轻轻摇着船桨
你细细的腰也跟着摇晃
摇晃着我的想像

你突然问我
你这是要把我带到哪里？
那细柔的声音
像倒映在水里的月亮
在朦胧的水中荡漾
要去很远很远
我轻轻抱起你
抱着你似水般的柔情

当天黑了
你说，我好怕
你用颤抖的手

抓住我不放
你用长长的头发
将我牢牢系上
我被卡住了呼吸
我将鼻孔贴在你
微微张开的朱唇之上
吸吮你的气息
我在你起伏的胸膛
听到了急促的心跳
我的呼吸被你埋葬
不，请放开我
你这该死的梦乡

你是另一个我

其实，你是另一个我
你常常在我不眠的倦意中
爬上我的枕
与我紧紧相拥
说一些蚕丝般柔的柔情话
在不眠的夜里
明亮的你
拖着星光的舞裙
挥着月亮仙的衣襟

其实，你是另一个我
你常常会在我思念你的时候
蹑手蹑脚
飘一般绕到我身后
冷不防蒙上我的眼
再用你吐着莲花般清香
的气息
吹开我的头发
我痒痒地搂住你
在亲吻中
甜甜地醉躺
你会哼着酒沫儿般的醇香

在我怀里美美的睡去

我突然惊醒
因为梦乡里不见了你
我睁开眼时
你果然走了
我胸前只留下了你的花蕊
你带走了花瓣和花香
没有了你
鲜花全都在枯萎

我流了泪
我的眼泪站在云朵上
向你招手
你还会来吗？
会的，我知道你还会来的
你会撑着小小的伞
从这窄窄的雨巷中
走过来吗？
是的，我的爱人
我知道，你会来！

致爱人

请褪去你华彩的妆扮
我会用最温暖的目光
吻你秀丽的脸庞
如五月里的风
如深谷中的泉
相思总在孤寂的梦中流淌
且作夜莺般的鸣唱
我知道此生完了
注定会在你的世界里彷徨

这是早开的花吗？
洁白而羞涩的
却是朝阳里的丁香
绽放吧
请在我宽阔的胸膛
让我用那鼓动着
生命与梦想的热血
去供养

不要闭上你的眼
请给它们
流星一样的自由

用星河里的璀璨
将我躲在幽暗里
那胆怯的爱
点得熊熊光亮

不要颤抖
欲望注定会悸动
如盛夏的果浆
总在炙烤里充盈
总在温润中生长
别在酷夏的烈风中纠缠
将宽大的臂膀
弯成一处荫凉
来吧，我的爱人
我就是你一生
遮荫挡雨的墙

送挚友赴任

我们不再年青
没有了少年的轻狂
呼吸也开始厚重
告别了行色匆匆
燃上一支烟
也让它飘得从容

我们在熙攘里相逢
没有过生死与共
也不曾歃血为盟
相知也仅凭
那一瞥的惊鸿
握一握手
彼此能懂
总能从微笑里
读出你对友情的那份珍重

相交如淡水
无需摧眉折腰的苦痛
走一路侠骨柔情
带一袖汉唐遗风
累了

我们都想静静
找一间插满鲜花的茶屋
呡一杯咖啡的苦
煮一壶人生的香浓

然后
你去赴任吧
我在江首
你会去江的那头
长江的水呀
日夜奔流
彼此的牵挂
载满每一条小舟

写给夜空

夜空像只幽黑的大酒杯
星光一定是杯里溢出的酒沫
思念总是丰富且汁多
可怎么能灌溉
我饥肠辘辘的寂寞
于是，我想端个空杯
去斟那银河

清冷的风
吹毛了月亮
吹得树影儿婆娑
繁星一个个落下
结成了甘露
甘露落下挂成了果
果一串串落下
金黄了山坡

乘着朦胧的夜幕
是你来了么？
你的欢笑
惊鸿了我的耳膜
你的倩影在我

汪汪的泪眼里踏歌
因为有你
寒夜的世界
从此没有了冷漠

关于爱

（一）

我知道，你最喜欢我喃喃地呼唤你的名字。
可是，自从那次我把你的名字
带血地刻在了我的心中之后，
每一次再呼唤你，
都会牵动我受过创的伤口
又浓浓地流一次血。
相思成灾，爱若苦海。

（二）

我是被你缚住的普罗米修斯。
请放开我！我的女神。
你有维纳斯的貌美，
但你的心
为何比宙斯的野鹰更凶残？
你在白昼吞噬我的心，
便是到了夜晚，
你也会放出你的身影，
把我对你的思念
肆意撕咬，

直致鲜血淋淋……
会血流不止吗？
心纠得很紧很紧，
血流得很腥很腥！

（三）

静静的夜，我的门被轻轻叩响。
尽管我知道
那是风和树叶儿的玩笑。
然而，我还是起身去开门了。
我知道你没来，
但我总是
心甘情愿的再上你的当。

（四）

雨说着说着就伤了心
大地听着听着流满了泪
风不哭
却怎么也捡不起
那调零一地的往事
天空满是扯不断的愁丝
心中的晴朗
早已被泪水打湿
痛苦的
还是理不清的相思
总不相见
那是一日三秋的日子
那是怎么走
也走不出来的心痴

（五）

离别的酒杯
如果将爱斟得太满
那溢出来的
就是一点一滴的恨
将思念搓成绳
一头拴你
一头系我
牵上你的苦
也扯着我的痛
或者，把思念搁在枕上
把相思交与梦
让梦如月
任由它自已去圆和缺

写给初次约会

你的眼睛晶莹得像
刚熟待摘的葡萄
我用紫褐色的果浆
泡制了一坛回味
和着你多汁的眼泪
一同倒进
那杯苦的咖啡
与你同饮
苦吗？酸吗？
看你噘起的小嘴
哼起一脸娇媚
也让未经世事的你
品一品杂陈的五味

我低头吻你
你的眼清澈得像
汪汪的池水
我跳了进去
自投罗网
醉而不思归

同学情

一别十数载，
离愁让人醉，
酒虽好，
莫贪杯！
醉也泪，
醉也乐，
不忘今与昨。
四海来，
四海去，
天涯奔波时也聚。
同也学，
同也博，
世间造就你和我。
不求富，
不求贵，
今世有缘今无悔。
盼未来，
也念昨，
同窗之情深如壑。
心有桥，
意有梁，
除开分争互相帮。

一杯酒，
一辈情，
千年修来同杯饮。
儿时行，
儿时恋，
一生一世存心间。
日月转，
沧桑变，
永生永世同学情！

饮　茶

濛濛雨
梅子风
雾霭重重
柳花又飞空

青山融
流水动
轻烟渺渺
人影朦胧
烟雨江南梦

风已来
云渐涌
流水洗苍穹
雨过又碧空
窗外梅子飞醉红

又到相饮好时节
煮上一杯春
斟满一夏孟
对饮望知己
把心赋茶中

撸起袖，再加油

风正稠
水劲流
心儿如扁舟
没有弄潮手
无力挽狂澜
杨风帆
撸起袖
击水好行舟
欢歌载一路

天之涯
地之路
风雨同相谋
力撸袖
再干几春秋
成功来时一杯酒
男儿有志在五洲
败也不言愁

天酬劳
地酬勤
日作常耕耘

人生磨难挥之尽
涅磐重生凤翔云
加油干
再铆劲
风雨过后见朗晴

酒别送友

四海奔波天涯远，
难得一日绕膝近。
煮酒闹罢见五更，
杯杯述说有豪情。
分一世，
聚一分，
海角千里各纷飞。
分也醉，
聚也醉，
把好手中杯。
不管安逸，
不管累，
唱罢笙歌话憔悴。
叙相知，
叙离愁，
天涯阔别再难会。
三分酒，
七分醉，
男人不信泪。
紧握手，
不道别，
狂饮今宵不言归！

缘　份

深山密处埋奇珍
芳华未显无问津
今朝一遇有缘人
洗尽封尘始见金
人生岂不如此
珍惜路人
感恩缘份
期待生命中的贵人
不为平凡而不安
不为无奇而燥动
在寂寞里耕耘
在奋斗中等待
如同宝石
在光阴里砺炼
在流水中浸润
静待那最美的时刻
在相遇中迸发
这就是缘份
世界因你而缤纷

狂欢节送友

平安夜里守平安，
君将万里话离散。
他日成就锦衣还，
狂欢夜来再狂欢。

爱 过

爱过

伤过

痛过

这叫生活

人生就是五味杂陈

过去的

我们轻轻翻过

不带一点恨

未来的

我们也小心打开

去书写

去着色

人生的起伏

就是故事的跌宕

带着感恩

去包容

人生的美丽

有如诗的华章

金包玉

千年沉淀金
万年始成玉
不是有缘人
见不到金包玉
天然有宝贝
缘份珍万倍

大山的孩子

在遥远的边疆
住着大山的孩子
眼睛像清泉般明亮
但眼角却时刻
闪烁着泪光
他们也有梦想
梦想着飞翔
也想去拥有
天空和海洋
可大山给他们的
是贫瘠的土壤
干枯的风
早已将他们的父辈
刻满沧桑
祖祖辈辈的贫穷
给不了他们飞的翅膀
甚至给不了一支
温暖的烛光
伴随他们更多的
是清冷的月光
他们数着星星
守望着梦想

他们对世界的爱
胜过阳光的炙热
泪眼里写满倔犟
充满渴望
我们同是大地的孩子
伸出手吧
给他们温暖的臂膀
用爱
给他们一面挡风的墙
让他们成长
让他们坚强
为他们插上肢膀
愿他们
同所有的孩子一样
为梦想
去自由的遨翔

天鹅湖

风柔柔
水悠悠
湖草油油翠如流
天鹅湖上游
碧空有云朵
疑似落水中
日遮旭
鱼更羞
雨歇空山后
仙尘有女入凡间
月中从此无美人
湖面似镜
流水如梳
天鹅如处子
红唇沾玉露
轻抚一湖皱
吻去一湖愁

夜 风

夜晚的风
吹得很沉重
声声凄切
撕咬着树叶
也撕咬着睡梦
凌晨
门还未开启
窗外还挂着
勾一样的月
勾在心里是苦痛
苦痛牵着半醒的梦

睡在昨晚的不眠中
醒于今晨的愁容
为爱挣扎
从未停歇
思念声声带血
揉皱了晨雾
晨雾中的风
吹得更加沉重

玉　石

从来未惧怕
任烈日炙烤
任暴雨冲涮
碎裂的是砾石
俱下的是泥沙

就算污水沾了衣
清纯的心
总在风雨中洗涤
不因掩埋而哭泣
更不因不遇而自弃
磐若金刚，恒久不移

烈火使真金璀灿
玉石因万雕千琢
始成大器
英雄立世
自有他横空的道理

不管世事桀难
任由风雨骤变
借岁月的刀

砺尽污粒
时候未到，光芒不露

渴饮霜雪醉当酒
笑看风雨浪淘沙
沧桑变
心弥坚
今日光华更尽显

丰　收

早播二月晚种秋
收获总在风雨后
在春天里播种
在寂寞中耕耘
在孤单里坚守
在喧闹中收获
付出
拼博
煎熬
忍耐
汗水洒一路
弯了枝头
红了仲秋

今夜我又醉

一纸书笺，
两处憔悴。
三四行热泪，
五六砚墨水，
七八句怨言写与谁？
九杯十杯烈酒，
百里醇香独醉，
谁人来陪？
欲罢不能，
欲走又徘徊。
方圆千里，
何处没有愁滋味？

再转万回，
春梦还碎。
理不清，
乱如堆。
挥不去，
思念如影随。
举杯已累，
今夜我又醉。

以为相思轻，
心却千千坠。
但醉不要醒，
醒后何处归？
孤盏昏欲睡，
今夜我又醉。
痛饮多少杯？
1234567……
全是愁滋味！

（注：数字诗：12345678910百千万）

祭　母

三山环绕远山近，
翠柏轻摇梨花影。
落瓣点点坠于心，
青石径，
缓步行，
清明雾雨泪湿衿。

还忆小炒伴歌谣，
炊烟袅袅念母亲。
几辈难绕余香尽，
音容留，
慈如春，
勤俭谦让仪后人。

清明祭扫

凄凄三月天，
不雨也断魂。
荫荫黄土坡，
匆匆几辈人。

岁月易老去，
自当惜亲恩。
清明今又至，
叩下留悔声。

春夏吟

春分绵绵雨，
夏至汇成涓。
蝶恋桃李下，
蛙鸣荷塘边。

早且多播种，
晚来好品瓜。
岁月几春夏，
处处留芳华。

潜心谙世事，
勤奋知时务。
风雨皆不闻，
何以成江湖？

夜　巡

春来多警情，
缉查加夜巡。
风高无明月，
夜黑有警灯。

村野静安宁，
池畔听蛙声。
路遇赶集人，
方知倦意深。

凌晨回警营，
不敢暖被衾。
未闻报警铃，
伏案当小寝。

写给侄女星星与小海新婚

星月天涯共，
海浪与风存。
相敬始如一，
依依终此生。

　　注：这是一首藏头镶尾诗，各取每句第一和最后一个字，藏"星海相依，
共存一生"的祝福语于诗中。

品　闲

闲来理书稿，
多情忆年少。
时光悠长远，
苦甜细煎熬。

晚 约

雾散风吹云，
月下见情人。
花开蜂蝶至，
蜜在蕊中寻。

夜 饮

烛光月影风温柔，
最是相约好时候。
三杯清酒相邀醉，
只盼美人一回眸。

辞旧迎新

硕果尽载挥手辞岁去
豪情满怀翘首迎春来

冬去春回

再别一冬君归迟　擦干汗水　美酒又满杯
又迎一年春来早　撸起衣袖　扬帆再启航

盼

花有谢时月有阴，
双眸流璃醉美人。
只为一朝不期遇，
常在梦里倚望君。

春来登高

登高能望远，
风景各不同。
高山有极顶，
人生无巅峰。

花开盘山腰，
雾在峰上绕。
勤做攀山人，
挥汗傲云霄。

赠小马哥和月美人

兄弟情义深似海，
如有佳人尽释怀。
推杯换盏恍若梦，
醉倒此生换情爱。

烟雨江南

（一）

江南烟雨天，
细风也黏黏。
倦鸟归巢中，
相依两绵绵。

（二）

霎霎江南雨，
氤氲雾来重。
桃开李子风，
暗香绕醉梦。
与君别一秋，
此后望重逢。
花开又一春，
相思寄予风。

相思无梦

风摇月影卷沉云，
窗台落瓣闻细声。
孤衾枕湿五更天，
寒露滴醒半梦人。

随笔四首

（一）

闲来赋诗词，
寄与佳人知。
佳人如有约，
月明寄相思。

（二）

喝罢离时酒，
又为归期愁。
倚窗望成痴，
相思谁人知？

（三）

蝴蝶兰花开，
冬春又一载。
花期今又至，
佳人请自来。

（四）

青春复不再，
时光与电弛。
老骥勤伏枥，
唯恐姜公迟。

赠南京友人

昨宿金陵梦，
今饮洞庭茶。
人生一杯醉，
醒时已半茬。
亲人聚几回，
遥遥望天涯。
煮酒别离后，
思念满孟夏。

梧桐·鸟

春风摇枝花满地，
落红点点心相惜。
梧桐树里有禽鸟，
笑迎风雨终不离。

兰　花

昨晚春雨湿露台，
幽然清香梦中来。
以为美人轻妆扮，
却是兰花素颜开。

春　潮

柳花飞雪樱花俏，
春耕时节晴方好。
燕子衔泥轻飞低，
东风早播二月桃。

春　愁

桃梅雾雨天半晴，
花浓时节可摘枝。
清风散去朦胧月，
一汪春思堆满池。

读书后感

苦营一生成巨贾，
三辈过后无富家。
岁月浪淘泥沙尽，
唯有文章传天下。

夜　读

飞雪催开二月花，
正好春忙偷闲暇。
清咖小啤品文章，
酣醉一夜酒当茶。

勤　练

（一）

朗朗读书声，
闻鸡有孩童。
君练每日早，
起舞弄山风。

（二）

杨柳一日腰，
君练十年瘦。
功成千里外，
一路汗载舟。

相思如梦

君无相思意，
我生相思梦。
一日君不见，
三秋不眠中。

春来雾缠月，
明月知我心。
千里寄长歌，
一曲梦断魂。

思　乡

翠柳枝，
清水塘，
飞花落瓣，
红霞也荡漾。
鸥鸟惊起一池浪，
如风抚琴，
细语犹晚唱。

春离家，
常相望，
又逢春分，
忙里偷暇光。
相约亲友话海棠，
把酒月下，
共饮思故乡。

品花吟

海棠开四季，
八月桂花香，
寒梅一怒傲冰霜。
且也不相望，
若是有情人，
无事也会问家常。

昙花种几春，
花开半烛残。
若是无缘份，
痴梦也枉然。

春 柳

春来雨空濛，
千山百媚红。
一枝细杨柳，
竞笑万顷风。

（笔者注）

一种人生，笑迎人间百态。

媚颜万千，不如自怀风骨！

沱江春色

烟波月影沱江夜，
才见春来色，
又闻水流彻。
沱江月 、浮云难遮。

湖光山色，
绿满香榭，
谁卷柳花雪？
东风昨入夜。
殷红血 、花红遍野。

咏桃花山

雾霭青山竹林纱，
莺啼深涧野塘蛙。
林隙碎阳倾盘下，
桃李开罢接杏花。

闹市有女不愁嫁，
也来此处访人家。
消暑闲暇哪方好？
这里何时有仲夏！

咏风月

风花与天共，
雪月几时同？
总是诗人词巧弄，
一梦醉醒转头空。

请君春来莫笑蝶，
别去李花又梨花，
却也不停歇。
沾花露雨甜，
更甜在秋月！

（二字藏头，风花雪月总是一梦，请君别去沾花！头尾含风月故题咏风月。
博一笑）

惜春秋

秋风一夜春去矣，
花落尽，
觅果实，
只堪摘一树黄叶枝。

且拾残局，
人生半世，
却难得意气风发。
再惹少狂，
毋枉春夏，
更珍惜后半世繁华。

赠东山行者

高山仰止流水知，
老树新花又春时。
天命尽谙宽衣带，
你且作画我题诗。

苍山晚秋

苍柏晚竞秋，
抽刀断水流。
高山仰知音，
苦树叶落愁。

苍山早春

一夜春梦语，
高涧几帘挂。
雾重压飞鸟，
老叶护新芽。

晨　露

夜来河水涨，
早见撑篙人。
脚沾一地春，
香露满衣襟。

茶乡四季茶

十里茶花海，
四季皆可摘。
袅袅如依人，
几醉君人怀。

秋黄笑叶落，
冬雪伴梅开。
风雨不言败，
自有清香来。

元宵月夜

清风吟歌阙，
半梦枕月色。
星河千堆雪，
化在相思夜。

最甜家乡水，
最美故乡月。
他乡灯阑珊，
遥思更切切。

等缘份

（一）

班门要弄斧，
心悦有臣服。
笔下千万篇，
旧歌推新赋。

（二）

诗词歌赋文，
不耻且下问。
安等缘中人，
推敲来斧正。

写给男人

（一）

穹窿秋深存高远，
青松劲拔耸翔云。
不畏浮云遮皓日，
屈伸均有丈夫魂！

（二）

人生何处无沧桑，
男儿有志在四方。
惊涛骇浪笑谈过，
狂澜力挽咏高歌。

咏腊梅

花开半树枝掩羞，
媚眼清清含佳露。
惊鸿瞥过几回头，
香醉十里风也酥。

闲 冬

梅香静敲卷帘透，
一缕闲阳拂面柔。
清茶淡酒人倚楼，
笑饮清风时来悠。

庭院深夜

夜静星稀人单行，
清风月影伴流云。
本是相欢时，
却有伤心事。

落花声无息，
虫鸣深院里。
愈思旧时欢，
孤愁更如积。

夜　愁

清风稠，
睡意疏，
夜静无眠相思愁。
情难收，
迁心头，
淡茶苦酒，
正是时候。
忧！忧！忧！

独倚楼，
树影瘦，
月明渐消忆梦旧。
人伤透，
心如勾，
星花残柳，
何言风流。
惆！惆！惆！

相见欢

风似梳，
乱卷头。
心如旭，
把酒言欢酣醉无怅惆。
赠红豆，
又逢秋。
情满眸，
双眼流盼相思难敛收。

自　勉

（一）

辉煌腾达遇可期，
利尽功急终成疾。
平凡日作声无息，
乐享人生皆是戏！

（二）

乍暖还寒柳褪绿，
花谢果炽迎晚秋。
莫贪功禄勤操守，
交与平凡写风流。

（三）

人生劳作苦奔波，
熙攘名利一恍过。
如有知已交杯错，
莫让时光成蹉跎。

（四）

琴棋书画诗，
玩物莫丧志。
牢记当年誓，
勿言姜公迟。

（五）

勤耕有天知，
豪书少年志。
历尽风霜去，
大器晚成时。

冬　泳

霜雾漫天雪裳衣，
飞鸟不鸣冰锁溪。
不敢上天揽云霓，
我入冰河与鱼嬉。

登山图

千山不鸣倦鸟稀，
玉湖轻缠雾如衣。
枯藤瘦树风过细，
褪去芳华果留蜜。

等　缘

春播秋种无心栽，
秋雨冬润花竞开。
未有奢望等缘份，
却迎高朋满屋来。

早春人家

早闻喜鸟鸣树桠，
勿见窗外枝满花。
炊烟飘过雾如纱，
绿扮红妆好人家。

题家父八十五寿旦

年少不经岁月老，
冰霜满头颊如沟。
耄耋膝下当尽孝，
百年薄葬黄山后。

静夜思

风清无虫鸣，
花落闻细声。
不为天边星，
愿做月近人。

致习大大的新年贺辞

辉煌旧年燕舞酒，
再迎今朝力撸袖。
春来未雨划绸缪，
四海同衷更上楼！

广场慢步

朝闻桂花晚听松，
青石流水梅花弄。
飞燕不敢入林中，
汉阳宫前尽顽童。

咏　梅

叶落一地愁，
冰锁满院香。
雨挂一帘梦，
凌空笑风霜。
我家有西子，
轻纱舞罗裳。
冰雪洗凝脂，
更有俏模样。

致侄儿新婚

人海一遇再难离，
风雨共度花之蹊。
绕膝相依耄耋年，
白首同饮苦甜蜜。

咏　妻

家事分巨细，
往来无亲疏。
柴米酱茶醋，
内外有贤助。

咏　家

长宽七尺七，
洁净无瑕迹。
厅中多玩童，
厨下有贤妻。
不望金涂壁，
心与海天齐。
贫富均不移，
花木下成蹊。

咏秋桂

月已渐秋色，
未闻桂花香。
把酒问嫦娥，
吴刚也不惑。

嫦娥抚琴弦，
迟迟未作答。
秋风忽一夜，
琴歌如落叶。

弦琴逢知音，
声声断如咽。
秋风催夜雨，
好花知时节。

除暴安良

枕戈待旦操练急，
壮士有志藏心里。
除暴安良终如一，
热情服务心更细！

小儿冬泳

风高云雾细，
挥之见红霓。
犹龙翔浅底，
凌云志不移。

雕　塑

人生如雕塑
岁月是原石
勤奋乃雕刀
想取人生别样好
唯有尽心细雕凿

别拿精神不当财富

（一个基层党代表的发言节选）

今天，我认真学习了学松书记关于反腐创廉的重要讲话。也观看了《镜鉴》的警示片。可以说从灵魂深处得到了触动。时刻有了一种如覆薄冰、如临深渊的感觉。

人生的恢弘和堕落往往是一念之差，人民的功臣和罪犯有时仅一步之遥。这取决于什么？古人有云，人无德位高必险！厚德才可载物！钱财谁不爱？但君子爱财要取之有道。千万别为官不廉，为富不仁！网上有则笑话，一老百姓看到某些官员喝高档酒，喝了吐，吐了又喝，挺心痛说，酒是粮食精，你喝了就喝了，你别吐掉了呀！请记住为官、为富都别贪婪！不要忘了，老区边穷的大山里甚至还有吃不饱每一顿饭的孩子！得意莫忘形，我们头上七尺有神灵呀！

我写了首打油诗与大家共勉！

贪

爱财需有道，
贪乃今日贝。
欲念一朝错，
梦醒不如昨。

嘉庆皇帝赐死贪官和绅时曾对臣子们说，朝庭给你们的奉禄看似不多，但好比一口井，老舀会老有，贪那么多何用！是呀，何用？自己用不了也不敢用！留给子孙那是害了子孙。古人有云，养儿强过我留钱干什么？养儿不如我留钱奈若何！儿孙自有儿孙福，不把儿孙当马牛！对待子孙应该厚教薄养。留财富给社会，留精神给子孙！积极向上的精神才是社会进步的动力，才是人类的灵魂！

我曾读过一文章《人生三看》，首先去医院看看，病了的人多么渴望健康；第二是去监狱看看，身陷囹圄的人多么渴望自由；最后去火葬场看看，功名利禄不过一股轻烟！完成了这人生三看，你还有什么心结解不开吗？知足常乐与人为善乃万物之宗。

人不能以官职大小，钱财多少来论成败！孔子和老子官不上品、富不足户。但他们留给我们的思想我们耳熟能详，《论语》《道德经》千古传颂！他们不成功吗？桃李不言，下自成蹊。我们也应学学老祖宗，多留点文化和精神财富给子孙，这才是可以传承千古的财富！

当今这个时代，国强民富了，但我们的精神却开始贫瘠了！我们现在崇尚什么？唯利是图，甚至笑贫不笑娼，这是可怕的！拜金极欲，甚至把铁人精神和雷锋思想都当成笑话，那是要亡国的！前苏联就是前车之鉴，当他们把自己的民族英雄苏娅笑话成荡妇后，他们亡国了！

我们应警觉什么？这就是意识形态的问题！意识形态出了问题整个民族都会出问题！个人也好国家也好，绝不能唯利是图为富不仁！发展的同时一定要有道德准则！精神乃为人之本，道德更是人们立世之根！总书记提出，我们既要金山银山，更要绿水青山！这绿水青山既是生态环境，更指人的心灵环境。我们消灭经济贫瘠也要消灭精神贫瘠。我们崇尚富强决不能甩了心良！风清气正积极向上的精神永远是我们民族的脊梁！千万别把精神不当财富！这才是我们足以传承万代的民族之魂！

基层代表　毛泉文
二〇一六年十一月

附：毛泉文的部分先进事迹报道摘录

神勇民警孤身智斗 10 多名歹徒

　　近段时间以来，华容县城到处传颂着一个民警智斗逞凶歹徒的故事。7 月 18 日晚 11 时许，加班办案回家的华容县公安局禁赌办教导员毛泉文，开车路经县城关镇广场转盘拐弯处时，突然听到车外传来"救人"的呼救声和噼哩啪啦的打砸声，借着车灯光，他发现左前方 10 米远处有十几个青年伢子，手持木棒、砍刀等凶器，拦住一辆的士车，边砍砸车辆边咆哮着要司机下车。"不好，遇上持刀抢劫了！"看着如此凶残胆大的歹徒，警察的正义感使毛泉文全然忘记了面临的危险，他迅速停车，立即上前一脚踢开一名手持砍刀正欲砍向出租车司机的高个子歹徒，并厉声喝道："我是公安局的，都给我住手！"挨了一脚的高个子，见有人出来制止，顿时停止了打砸，但左顾右看后，发现毛泉文只有一个人时又恢复了凶残的面目，一边狂叫："关你么子事，看你逞能"，一边高举砍刀向毛泉文头部砍去。身手敏捷的毛泉文，略一移步，就躲过了歹徒的砍杀。其他 10 多名歹徒见状，便一起挥舞着刀棒向毛泉文围攻过来。混战中，他头部、背部、脚上多处受伤，手臂上鲜血直流。面对几近疯狂的歹徒，毛泉文毫无惧色，瞅准打闹得最凶的一名高个子歹徒，铆足劲一个箭步冲上前去，将其制服。突然，他感觉脑后又一阵凉风袭来，当即丢开手中歹徒侧身躲闪，一棒又结结实实地打在了他的右肩上。就在其他几名歹徒准备再次围攻时，毛泉文急中生智，闪身靠近自己的车子，立在车灯前，用手握成拳头并伸出两个指头，利用车灯的照射，做成举枪的姿势，并再次大声怒吼："谁再不住手，我就开枪打死谁！"10 多名歹徒被毛泉文的一身正气惊呆了。此时，又有 2 台的士车从 2 个不同方向驶来，心虚的歹徒纷纷扔下凶器，往路边的树林里落荒而逃。路经的的士司机与乘客得知详情后，望着筋疲力尽、浑身伤痕累累的毛泉文，都竖起大拇指感慨地说："关键时刻，还是公安民警过得硬"。

案发后，受害司机因惊吓过度趁乱离开了现场，到目前仍未到公安机关报案。为此，公安机关提醒受害的的士司机，迅速到公安机关报案，提供嫌疑人的基本情况，以便逞凶的歹徒早日得到应有惩罚。

[稿源：长江信息报【新闻资讯】2008 年 8 月 8 日]

儿子眼里他是"懒爸爸" 群众心里他是好警察

　　"我的爸爸是一名警察，胡子拉碴，平日很少回家，很少关心我的学习和生活，唉！这就是我爸爸。"日前，在一次学校布置的命题作文中，儿子毛骋昊写下自己的感受。

　　作为华容县公安局城关河东派出所的教导员，毛泉文在群众眼里，是一名不折不扣的好警察，然而在儿子心中，却是一个懒爸爸。

　　心存愧疚的毛泉文，冥思苦想着如何扭转在儿子心中的印象。一天，他拿出了一叠的报纸，递到了儿子手中。

　　邻里起火，他第一个冲上去，虽身负重伤，但避免了数百万损失；群众落水，他第一个跳下河救人；禁赌办案，他第一个出列，虽每天休息不足5小时，但追回六合彩"上线庄家"几十人；歹徒行凶，虽孤身一人，但他挺身而出，伸手相救，群众竖指称赞……在这些报纸上，记录的是毛泉文从警19年来爱岗敬业、心系群众的点点事迹。"让他通过报纸，了解我的工作，给他树立一个好榜样。"毛泉文说，儿子需要我，群众更需要我！纷至沓来的一封封感谢信和一面面锦旗就是最好的例证。心系群众 洪水中背出5名老人

16年在基层，与群众同甘共苦，早已成了毛泉文生活中不可或缺的一部分。心系群众的他，只要听说群众有需求，总是毫不犹豫的第一个站出来伸出援手。"只要群众有需求，出第一个手相助的总是他"河东派出所所长蔡正明说。同事的评价并不是空穴来风。

4月26日早晨7点，刚刚到达办公室的毛泉文突然收到一条警情，称华容河里有一名老人落水。

警情就是命令。他立即带着干警驱车火速前往。到达现场后，他发现一名老太太的头部尚在水面，全力挣扎。

老人生命危在旦夕，形势万分紧急毛泉文来不及多想，率先跳下河去，随行民警王聂和另一位好心群众受到感召也不顾危险跳入河中施救。将老人救上岸以后，现场所有人都松了一口气。

在救助站里安顿好老人等老人情绪稳定后，毛泉文仔细询问了基本情况。老人李某，今年78岁，家里生活十分拮据，女儿又患有间歇性精神病，生活压力太大，致使她自寻短见。经过半天的耐心劝说，上午12时，两位民警与救助站的工作人员共同将老人送回家。

冰冻三尺，非一日之寒。毛泉文能赢得百姓称赞，其背后藏着数不清的警民故事。在这些令人称赞的事迹中，今年7月的一次生死大营救，让当地百姓记忆犹新。

7月23日20点至22点，华容县城关地区突降暴雨，并伴有雷电大风，短短3个小时内，万庾监测站降雨量达142毫米，城关站也达到了110毫米，是两个监测站点近50年来降雨强度最大的一次。由于暴雨强度大、范围广、突发性强，全县人民紧急投入到了防汛抗灾和城区排渍的工作中。

虽然到了下班时间，但毛泉文放弃了休息，带领全所民警随时待命。20点30分左右，城关河东派出所陆续接到报警电话，河东地区多处积水，群众受灾严重。想群众之所想，谋群众之所谋，接到警情的毛泉文，带领干警奋战救灾一线，积极救助受困群众。

21点，110指挥中心传来指令，称华容县老物资局内多名群众家积水严重，需要救援。"老物资局居住的都是生活困难、条件简陋的下岗工人和低保户，危房不少，一些房子还漏水。"城关河东派出所所长蔡正明说，接到指令后，毛泉文顾不上换雨衣雨鞋，在水浸过腰部的情况下，带领干警连挖带手抠为群众开挖出一条排水沟，以排出积水。几个小时后，刚刚放下铁锹的毛泉文，没顾得喝口水，又赶往某驾校附近堤边的孤寡老人张老汉家，帮助老人转移。"在大水中，他前前后后从灾区背出了5名老人，成功帮助他们转移到了安全地带。"所长蔡正明说，当晚凌晨两点，虽然雨停了，但毛泉文并没有急着回去换衣，而是带领干警在辖区彻夜巡逻，检查所有低洼地带、危房和废旧工厂等重点部位，确保群众生命财产安全。儿子印象 "懒虫"原来是英雄

"他总是说爸爸是懒虫，回家倒床就睡，不关心他。"妻子何海英说，虽然生活在一起，但父子之间见个面却十分困难。由于丈夫太专注于工作，每天回来时，儿子已睡着；第二天还没醒，儿子又已去上学。

桃李不言，下自成蹊，毛泉文深知榜样的作用是无穷的，从来不爱吹嘘的他翻出了一叠登有自己先进事迹的报纸，递到儿子手中。读完这些报纸，儿子毛骋昊惊了，没想到身边的懒爸爸竟然是位英雄爸爸。

"如果不是报纸上登出的这些事迹，还有许多叔叔阿阿、爷爷奶奶送来的锦旗和感谢信，我真的不知道爸爸还做了这么多英雄事！"很是惊讶的毛骋昊在作文中，他如是写到："我这才知道我的爸爸原来是一位如此敬业的好警察，我要向爸爸学习……" 舍身救人 20分钟扑灭邻里大火

11月13日，又一面锦旗送到了华容县公安局局长办公室，这次来感谢毛泉文的是华容县城中路女人商业街的几名老板。"他的英勇，让我们几户避免了数百万的损失！"这些在商业街做生意的老板讲述了11月6日清晨发生的惊险一幕。

当天6点40分左右，一名补漏工正在为华容女人商业街一住户进行防水走油施工时，手中的喷火枪不慎将邻家的杂物间点燃，火苗顿时窜起。

听到呼喊声的毛泉文，披上外套就跑了出去。眼看火势越来越大，毛泉文不顾个人安危，用毛巾捂着脸，拨开人群，冲向杂物间，一脚蹬开铁门，脱下外套猛扑火苗。并指挥着妻子和赶来的群众寻找水源灭火，赶来的消防车也因无法驶入只能干着急。

20分钟过去了，火势得以控制。从黑烟中走出的毛泉文，头发眉毛已烧焦，全身多处刮伤刺破。当群众还在为他们的英雄拍手叫好时，毛泉文拒绝了妻子的劝说，经过简单包扎和清洗后，又赶往了派出所值班。

在群众危难时刻舍身相救的事迹并非偶然，4年前帮助群众抓抢贼也赢得了市民的好评。

2008年7月18日晚11时许，加班办案回家的华容县公安局禁赌办教导员毛泉文，开车路经县城关镇广场转盘拐弯处时，突然听到车外传来"救人"的呼救声和噼里啪啦的打砸声，借着车灯光，他发现左前方10米远处有十几个青年伢子，手持木棒、砍刀等凶器，拦住一辆的士车，边砍砸车辆边咆哮着要司机下车。

"不好，遇上持刀抢劫了！"看着如此凶残胆大的歹徒，警察的正义感使毛泉文全然忘记了面临的危险，他迅速停车，立即上前一脚踢开一名手持砍刀正欲砍向出租车司机的高个子歹徒，并厉声喝道："我是公安局的，都给我住手！"

挨了一脚的高个子，见有人出来制止，顿时停止了打砸，但左顾右看后，发现毛泉文只有一个人时又恢复了凶残的面目，一边狂叫："关你么子事，看你逞能"，一边高举砍刀向毛泉文头部砍去。身手敏捷的毛泉文，略一移步，就躲过了歹徒的砍杀。其他10多名歹徒见状，便一起挥舞着刀棒向毛泉文围攻过来。混战中，他头部、背部、脚上多处受伤，手臂上鲜血直流。

面对几近疯狂的歹徒，毛泉文毫无惧色，瞅准打闹得最凶的一名高个子歹徒，铆足劲一个箭步冲上前去，将其制服。突然，他感觉脑后又一阵凉风袭来，当即丢开手中歹徒侧身躲闪，一棒又结结实实地打在了他的右肩上。就在其他几名歹徒准备再次围攻时，毛泉文急中生智，闪身靠近自己的车子，立在车灯前，用手握成拳头并伸出两个指头，利用车灯的照射，模仿掏枪动作，做成举枪的姿势，并再次大声怒吼："谁再不住手，我就开枪打死谁！"10多名歹徒被毛泉文的一身正气惊呆了。

此时，又有2台的士车从2个不同方向驶来，心虚的歹徒纷纷扔下凶器，往路边的树林里落荒而逃，扔在地下的砍刀足有二十多把。路过的的士司机与乘客得知详情后，望着筋疲力尽、浑身伤痕累累的毛泉文，都竖起大拇指感慨地说：真是不怕死的好民警！爱岗尽业　1年挽回损失上千万

危难之处总能显身手的毛泉文，在工作上也是尽职尽责。去年公安部部署的清网行动，当他看着其他派出所硕果累累时，他早已按捺不住了。"蔡所，我想带队南下追逃。"虽然第二天就是自己的生日，但他还是决定放弃与家人约好的团聚，带上新干警，登上了开往株洲的火车。

涉嫌因聚众斗殴一直藏身于外的杨某迟迟没有归案。为了找到他，毛泉文找到杨某的叔叔家——株洲某小区，在征得杨某叔叔的理解后，获知信息的毛泉文又赶赴东莞，找到杨某父母。经过一通晚的开导与劝说，杨某父母终于说服了儿子投案自首。

由于拥有丰富的群众经验，又能拿捏犯罪嫌疑人家属的心理，命中"要害"，短短2个月内，他成功劝说了5名逃犯自首，追逃成绩在全局遥遥领先。

他的敬业精神，感受最深的非妻子何海英莫属。"2008年他被抽调到县禁赌办整治地下六合彩时，我和他在一起的时间都很短。"何海英回忆，一年中，毛泉文回家就只是洗洗澡，换换衣，晚上睡觉都是以办公室一张钢丝床为伴，以应对随时出警的需要。

追逃和禁赌是个极为风险性的工作，如果没有丰富经验，反而可能打草惊蛇，或引来人身威胁。毫无例外，毛泉文也遇到了这样的问题。"你最好别追着我抓，不然要你家人好看！"在禁赌的那段时间，毛泉文突然收到一条莫名的短信。经过与对方聊天，他才得知对方正是他要逮捕的一名"上线

庄家"。

收到威胁短信的毛泉文并没有退缩，仍然耐心通过短信规劝其自首。见不吃硬的毛泉文如此"固执"，对方又改用"糖衣炮弹"侵袭：几天后，一叠装有近10万元现金的黑袋子，放在了毛泉文的办公桌上。"你给我拿回去！如果再这样，我就把这些钱交给局纪委没收！你现在要抓紧时间劝你亲属自首，这样还可减轻处罚。"面对巨额诱惑，毛泉文丝毫没有动心，反而力劝嫌疑人亲属前来自首。

在这几年里，毛泉文经常以办公室为家，累了就在办公室的简易床上躺躺，每天休息时间不足5小时，每月至少南下3次追逃……

毛泉文的竭力工作和刚正不阿也让他获得丰厚的回报：在禁赌办的一年中，他成功追回了"上线庄家"几十名，挽回损失上千万元。

（摘录于《岳阳日报》2012年11月20日）